몸·마음·생각이 함께 자라는 숲살이

그 숲에
작은 별들이 살아요

솔빛숲유치원교육공동체 지음

ㄱ

4계절 24절기를 온몸으로 느끼며
살아가는 지혜와 즐거움을 배워요

솔빛숲유치원 교육과정은 아이들의 삶입니다.

4계절과 24절기를 온몸으로 느끼며 살아가는 지혜와 즐거움이 솔빛숲 유치원 교육과정에 들어있습니다.

언 땅이 녹고, 풀과 나무에 싹이 트고, 개구리가 깨어나 폴짝 폴짝 뛰어 다니고, 꽃이 피었다 지면서 열매가 열리고, 매미들이 노래하고, 더운 바람이 지나가면 서늘한 바람이 불어오고, 노랗고 빨갛게 물든 풀과 나뭇 잎에 영롱하게 내려앉는 이슬, 땅 속에 찾아들어 겨울잠을 자는 벌레들, 다시 얼어붙는 물과 땅, 하얀 눈으로 뒤덮혀 눈썰매장이 되는 산과 마 당, 자연과 절기가 모두 놀이와 배움이 되는 곳! 솔빛숲유치원입니다.

우리 아이들과 선생님들이 함께 한 4계절의 삶과 소중한 배움의 순간을 사진과 글로 엮었습니다.

숲에서 벌어지는 솔빛숲유치원의 365일 『그 숲에 작은 별들이 살아요』를 펼쳐보시며 아이들의 행복한 삶과 배움을 상상하여 주시기 바랍니다.

2024년 1월 23일
솔빛숲유치원교육공동체

봄

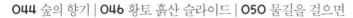

여름

가을

겨울

봄

봄의 숲과 만나기

솔빛숲에서 만나는 꽃피는 봄날.

선생님도 처음, 숲도 처음, 친구들도 처음.

함께하는 모든 것들이 낯설고 힘들지만, 이렇게 처음 하는 만남을 필두로 우리 아이들은 솔빛숲유치원에서의 생활이 시작됩니다.

아직 겨울을 끝내지 못한 봄의 숲은 우리 아이들의 낯선 마음처럼 황량하기도 하고 차갑기도 하지만, 금방 새순을 틔우고 꽃이 피고 나비가 날아들면서 우리 아이들은 숲의 생명과 만나기 시작합니다. 이런 만남을 통해 숲과 인사를 나누고 숲은 많은 동·식물과 함께하는 공간임을 알고 이들에게 잠시 빌려 사용하는 공간임을 알아갑니다.

숲의 주인은 우리가 아니며 더불어 삶을 살아가는 곳이므로 우리가 만나는 모든 것이 소중합니다. 자연은 이용하는 것이 아니라 함께 공생하는 것임을 깨닫는 시간입니다.

아이들은 봄숲과 관계를 맺으며 살아있는 모든 생명이 소중하다는 것을 깨닫습니다. 우리에게 숲을 내어주는 자연에 감사하고 더불어 살아가는 삶의 의미를 조금이나마 이해해 나가며 솔빛숲어린이의 마음 속에 자연에 대한 사랑이 따스하게 피어납니다.

흙 썰매타기 놀이

'꽃과 나무' 숲 안쪽에 흙 썰매장이 생겼어요. 우리 친구들은 정말 놀이 발견의 귀재들인 것 같아요. 그 비탈길에서 썰매를 타면 재밌다는 것을 어떻게 알았을까요? 하지만 선생님은 처음엔 조금 고민이 되었어요. 경사면에서 썰매가 내려오는 것이 살짝 위험해 보였기 때문이지요. 그렇다고 썰매놀이를 못하게 할 수도 없고요. 그래서 친구들과 규칙을 정해 보았어요. 경사면 중간에 나무가 한 그루 있었는데 나무보다 높이 올라가면 속도가 너무 빨라져 위험할 것 같았어요. 그래서 ①중간에 있는 나무보다 위로 올라가지 않기, ②썰매를 타고 내려왔으면 재빨리 비켜주기, ③썰매를 다시 타려고 올라올 때는 가장자리 쪽으로 붙어서 올라오기. 이런 규칙들을 친구들과 함께 정하고 썰매놀이를 하도록 했더니 크게 다치는 일 없이 즐겁게 썰매타기 놀이하는 모습을 볼 수 있었답니다.

사랑이 피어나는 딸기 카페

딸기밭 체험학습을 다녀온 후 딸기책에서 본 딸기로 만든 음식들에 관심이 많았어요. 숲에서 딸기 카페를 열어보기로 합니다. 간판과 메뉴판을 만들어 꾸미고 깨끗하게 청소도 해봅니다. 같은 숲교실을 사용하는 은행1반 친구들을 초대해 보았어요. 손님을 맞이하고 자리를 안내하고 자신들이 직접 만들어본 음식을 나누며 행복함을 느껴볼 수 있는 시간이었어요.

숲에 봄비가 찾아왔어요

촉촉한 봄비가 내려요. 비옷을 입고 장화를 신고 비가 내리는 숲길을 오릅니다.

"선생님, 비 냄새가 나요.", "얼굴에 스프레이를 뿌린 것 같지 않아?", "맞아! 우리 엄마 화장품 같아." 아이들은 온몸으로 봄비를 느껴봅니다.

비가 내린 숲의 공기, 온도, 소리는 확실히 또 다른 숲의 모습입니다. 첨벙첨벙 미끌미끌. 어느덧 옷은 진흙투성이가 되고 말죠. 봄비에 젖은 진흙땅은 아이들의 신나는 진흙 스케이트 놀이터가 되어줍니다. 웅덩이에 고인 물로 새로운 물길도 만들고, 3단 폭포도 만들 수 있어요.

옷이 더러워질까 봐 걱정하는 아이들은 하나도 없어요. 교실로 돌아가서 옷을 갈아입으면 되니까요. 우리의 더러워진 옷은 그만큼 신나게 놀았다는 뜻이랍니다.

친구들과 함께 만드는 숲나라 캠핑카

친구들 몇 명이 우리 숲교실에 캠핑카를 만들고 싶다고 했어요. 그 생각을 듣고 다른 친구들과 동생들도 캠핑카를 만들자고 이야기했지요. 캠핑카에 대한 자신의 경험들을 마구 이야기하면서요. "저희 집에 캠핑카 있어요!", "저희 집에는 없지만 빌려서 타 봤어요." 어떤 캠핑카를 만들고 싶은지 그림으로 그려보고 싶은 친구들은 설계도를 그려서 가져오기도 했어요.

좋아! 캠핑카를 만들어보자! 제일 먼저 친구들과 함께 캠핑카를 만들 좋은 장소를 찾아보았어요. 친구들은 목공 놀이터 옆, 비어있는 곳에 캠핑카를 만들고 싶다고 했어요. 이제부터 무엇을 해야 하지? 선생님도 캠핑카 만드는 건 처음이야. 그런데 지석이가 작년에 캠핑카를

만들어본 경험이 있대요. 그래서 어떻게 만들어야 하는지 친구들에게 설명해 주었어요. "먼저 기둥을 만들어야 하고, 문도 있어야 하고, 운전하는 핸들도 필요하고, 앉을 수 있는 의자도 있어야 해요."

기둥을 세우려면 긴 나무도 필요하고, 땅을 깊숙이 파서 기둥을 세워야 된대요. 그래서 우리 친구들은 먼저 쓰러져 있는 나무 중에서 기둥이 될 만한 나무를 찾아보았어요. 나무를 찾아보니 나무가 너무 길어서 선생님과 함께 톱으로 썰어보았지요. 나무 기둥을 세우려는데, 잘 세워지지 않아요. 아이들은 기둥을 세우기 위해 땅을 파기 시작했어요. 땅을 깊이 파고 기둥을 세웠어요. 혹시 쓰러질까 봐 우리 친구들은 망치로 땅을 두드려서 단단하게 만들고, 기둥 주변을 돌로 쌓기도 했답니다.

"선생님, 위도 나뭇가지로 연결하고 싶어요."

기둥과 기둥을 연결하는 것은 선생님이 도와주었어요. 캠핑카 틀을 만들고 난 후 나무판자를 들고 와 벽을 만들기 시작했어요. 못질을 해서 벽을 만들기도 하고, 은이는 땅을 파서 벽을 세우기도 했어요. 벽을 만들고 나서 누안이는 작은 침대를 만들어 누워보기도 하고요. 어느 날은 상연이가 소꿉 영역에서 양푼을 가져와 운전대라며 운전을 하더니, 친구들 몇 명이 모여 캠핑을 떠난대요. 도착한 장소는 꽃과 나무숲 입구에 있는 기다란 나무 옆이에요. 친구들이 옹기종기 모여 무얼 하나 봤더니 마시멜로를 구워 먹는다네요.

이날 이후로 캠핑을 떠나서 요리를 해먹는 놀이가 쭉 이어지고 있어요. 주완이도 기사님 한 번 해보고요. 민준이는 닭고기 생각이 났는지 나무껍질을 가져와 닭고기라고 하네요. 앞으로 캠핑카 바퀴도 만들고, 트렁크랑 사이드미러, 와이퍼, 햇빛가리개, 이층침대도 만들고 싶다는데, 우리 친구들의 상상력이 어찌나 무한한지 제가 매일 놀라고 있어요.

우리 캠핑카가 어떤 모습으로 변해갈지 기대가 됩니다.

꽃의 요정

삼삼오오 모여 꽃으로 놀아봐요.

자세히 들여다보면, 숲에는 예쁜 꽃들이 아주 많아요.

내 마음에 들어온 꽃 한 송이, 손톱 위에 올려봐요.

볼 위에 올려봐요.

그럼, 내가 꽃이 된 기분이에요.

꽃의 향긋함을 품고 노는 기분이에요.

손끝에서 피어나는 봄의 향기가 코를 간지럽혀요.

흙으로 놀아요

흙놀이는 부정적인 정서를 발산하도록 하여 마음을 안정시켜주는 활동입니다. 숲에서 하는 놀이 중 많은 아이들이 좋아하는 놀이인데요. 우리 친구들은 흙 놀이를 통해 흙과 물에 대한 성질을 알고 적당한 농도를 맞추는 것까지도 너무나 즐겁게 탐구한답니다.

다섯, 여섯 살 친구들은 일단 흙을 파고, 흙에 물을 섞은 형태의 음식들을 많이 만들어요. 일곱 살 누나들이 출동하면 우리의 흙반죽 음식은 더욱 정교해지고 멋진 데코레이션까지 더해진답니다. 흙놀이 고수인 소담이, 은이, 규빈이, 지온이에요. 이 친구들은 일단 흙 놀이 하기 전에 고운 흙을 만들 수 있는 도구부터 갖춰놓고 놀이를 시작한답니다. 거름채나 절구, 절구방망이, 그릇만 있으면 어떤 음식이든 뚝딱 만들 수 있지요. 지석이와 하정이도 맛있는 전을 만들기 위한 반죽을 만들기도 하고, 지온이와 규빈이는 깻잎이랑 비슷한 모양의 풀을 가져와 깻잎전을 만들기도 했어요. 어느 날은 흙에서 약간 고린내가 난다며 이름도 재미있는 똥전을 만들기도 하고요. 무엇이든 예쁜 것을 좋아하는 지온이는 꽃과 색모래를 이용해 예쁜 전을 만들기도 했답니다.

풀로 놀아요

나뭇잎 왕관을 써 볼래요?
봄 숲에 놀러오면
제가 왕관을 선물해드릴게요.
잎과 잎이 만나 만들어진 나뭇잎 왕관을 쓰면
숲의 왕국에서
잎들과 춤추며 노는 것만 같아요.
숲의 나뭇잎, 풀, 돌들이 말을
걸어오는 것 같거든요.
그러니 우리 같이
나뭇잎 왕관 쓰고
놀아봐요.
숲의 소리를 귀 기
울여 들어보세요.

가꾸고 수확하는 기쁨

교실 앞에서 아이들은 농부가 됩니다. 우리 반 상추, 오이, 방울토마토, 고추가 잘 자라길 바라는 마음으로 농부처럼 자꾸 들여다보고 또 들여다봅니다. 교사는 아이들이 채소와 곡물을 맛있게 기억하고 경험하도록 텃밭에서 자란 식물로 간단한 음식을 함께 만들어 봅니다. 오감으로 길러낸 작물들이 아이들에게 생태감수성과 더불어 건강한 식습관 형성에 기여할 수 있기를 소망합니다.

개구리, 도롱뇽 알, 곤충 관찰 놀이

'꽃과 나무' 숲 위로 조금만 올라가면 아주 작은 연못이 있어요. 그 연못에는 개구리도 살고 있고, 도롱뇽도 살고 있지요. 도롱뇽 알에 관심이 많은 우리 친구들은 연못으로 도롱뇽 알을 관찰하러 가 보았어요. 지석이와 민준이가 3월부터 만들어놓은 '도롱뇽·개구리 개울가'에 살고 있는 개구리를 친구들과 함께 관찰해 봅니다. 누군가 소꿉놀이 그릇을 가져와 개구리 배라며 개구리를 태워주기도 했어요.

우리 숲교실에는 개구리, 도롱뇽 말고도 아주 많은 곤충들도 살고 있어요. 곤충 관찰하기는 우리 친구들이 정말 좋아하는 놀이에요. 하지만 가끔 곤충을 함부로 다루는 친구들이 있어 '아프다 아파 곤충병원'이라는 책을 읽고, 곤충을 만질 때는 장갑을 끼고 만지고, 관찰한 후에는 다시 놓아주기로 약속했답니다.

초록초록한 5월, 미루2반 친구들은 숲에서 마음껏 달리고, 뛰고, 소리치기도 하고, 여러 가지 놀이를 만들어내고, 자유를 만끽하며 즐거운 나날들을 보냈답니다.

숲 속 친구들과의 만남

'새들의 숲'에 쇠딱따구리가 둥지를 만들고 알을 낳았어요. 5월의 어느날, 작은 둥지 속에서 아기새들의 울음소리가 들려요. 서둘러 내시경 카메라를 준비해 다음날 조심스럽게 둥지 속을 들여다보니 언제 깨어났는지도 모르는 작은 아기새들이 둥지에 가득합니다.

아이들은 이 조그맣고 소중한 아기새 둥지를 지켜주기 위해 작은 울타리를 만들고 '딱따구리 나뭇가지 놀이터'도 만들어 주었어요. 그리고 어미새가 힘들게 먹이를 구하는 것을 도우려 작은 집게벌레, 지렁이, 곡식 등 다양한 먹이통과 물도 준비해 주었지요. 그런 아이들의 마음을 알았는지 어미 딱따구리도 아이들이 준 먹이도 먹고, 나뭇가지 놀이터에 앉아 쉬기도 하면서 함께 아기새를 돌봅니다.

그렇게 아이들과 쇠딱따구리 가족의 행복했던 만남의 시간을 뒤로 하고 쇠딱따구리 가족은 넓은 숲으로 이소(離巢)했어요. 쇠딱따구리 가족이 떠났지만 아이들은 언젠가 다시 만날 날을 기약하며 딱따구리 둥지 곁에 새들의 샘을 만들고 기다렸어요. 일 년이 지난 오월의 어느 날 새로운 곤줄박이 가족들이 찾아와 우리들의 새 친구가 되었답니다.

나무 위에 오르면

나무 위에 올라 하늘을 봐요. 하늘에 더 가까워진 기분이에요.

나뭇잎 사이사이로 하늘색 물감이 빛을 내려주는 것 같아요.

이 햇빛을 온몸으로 마주쳐봐요. 마음이 참 따뜻해져요.

나무 위에 오르면 친구들이 아주 작아져요.

작아진 친구들을 바라보면 숲속 놀이 탐사원이 되어 조사놀이를 할 수 있어요.

망원경도 만들어 쓰고 나뭇잎수첩에 무언가 열심히 적어봐요.

오늘은 무엇을 발견했나요?

숲 속 '모두의 집'

"선생님, 우리도 집이 있으면 좋겠어요! 진짜 집이요."

유치원 주변 전원 주택들이 하나둘 지어지는 모습을 봐온 아이들은 세모 지붕의 멋진 집을 짓고 싶었어요.

"우리들이 들어가려면 우리 키보다 크게 지어야 하잖아요. 어떡하죠?"

"다 함께 지혜를 모으고 힘을 모으면 할 수 있을 거야!"

아이들은 만들고 싶은 집을 그리고, 자신들의 키를 재어가며 집의 높이와 너비를 정했어요. 그리고 필요한 재료를 구하기 시작했지요. 전원주택 공사장에서 얻어 온 파레트들을 교사와 함께 망치질하고, 드릴을 사용해 나사못을 연결하며 집을 짓는 아이들. 긴 시간 힘을 모아 지어진 집은 멧돼지도 고라니도 다른 반 친구들도 모두 편히 쉬다 가라고 '모두의 집'으로 이름을 지었답니다.

"선생님, 진짜 우리가 집을 지었어요. 난 진짜 못할 줄 알았거든요. 근데 우리가 생각한 집이 딱 만들어져서 깜짝 놀랐어요."

삼월 삼짇날 화전놀이

음력 삼월 삼짇날 교외나 산 같은 경치 좋은 곳에 가서 음식을 먹고 꽃을 보며 노는 꽃놀이. 진달래꽃으로 화전(花煎)을 지져 먹고 춤과 노래를 즐기는 놀이입니다.

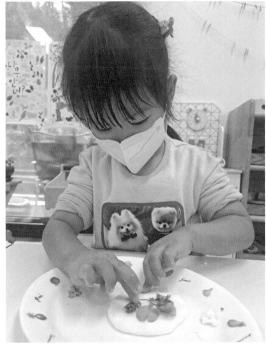

쑥떡 쑥떡 화전놀이

겨울 낙엽으로 뒤덮인 3월의 숲에 봄을 알리는 예쁜 진분홍색 진달래 꽃이 피었습니다.

꽃이 너무 예뻐서, 너무 반가워서 아이들이 꽃을 맞으러 달려가요.

"우리 이 진달래꽃으로 화전을 만들어 먹을까?"

"꽃을 먹을 수 있어요?"

"나 작년에 먹어봤어. 진짜 맛있어!"

일 년 먼저 숲살이를 했던 여섯 살 형님이 다섯 살 신입생 동생에게 으스대며 말합니다.

봄햇살 내리쬐는 땅에는 초록초록 향긋한 쑥도 올라왔어요.

아이들과 쑥을 캐고 진달래 꽃을 따서 쑥버무리와 화전을 만들어 먹었어요.

예쁜 화전에 달콤한 조청을 찍어 한입에 쏙~.

"선생님, 이거 우리 엄마에게도 알려주세요."

여름

여름의 숲 탐험하기

여름의 숲은 변화무쌍합니다. 매일의 하늘이 다르고 날씨도 다양하게 변화하며 숲의 자연들도 매일매일이 달라지는 모습을 보여줍니다.

봄에 만남을 시작으로 여름이 되면 활기찬 생명력으로 움직이는 다양한 동물들과 식물들을 경험합니다. 물론 반갑지 않은 동·식물도 나타나긴 하지만, 우리 아이들의 놀이도 이런 자연의 활기찬 모습에 동화되어 푸르른 생기를 머금어 갑니다. 숲이 내어주는 열매들에 열광하고, 긴 겨울잠을 끝내고 힘차게 활동하고 있는 동·식물의 충만한 생명에 우리 아이들의 삶도 더 활기차게 숲을 누비며 놀이를 확장해 나갑니다.

숲에서의 놀이도 다양하게 발전합니다. 아이들이 주도적으로 만들어가는 놀이는 다양한 형태로 우리에게 다가옵니다. 숲이 주는 열매는 역할 놀이를 더욱더 풍성하게 만듭니다. 달라져가는 자연 속을 마음껏 뛰어다니며 아이들에게 숲은 때로 바다가 되고, 우리 아이들은 바다를 누비는 해적이 되기도 합니다. 숲은 때로 아이들에게 모험의 세계가 되어, 아슬아슬한 공중사다리를 건너는 도전과 큰 바위를 올라가기 위한 도전, 안전하게 내려오는 방법을 위한 도전 등을 통해 우리 아이들은 탐험가가 됩니다.

친구들과의 관계도 풍성하게 살아나며, 선생님들의 눈과 손이 바빠지고 놀

이를 지원하기 위한 발걸음도 빨라지는 계절 여름! 숲을 탐험해가는 솔빛숲 어린이들은 점점 놀이에 빠져들며 몰입을 경험합니다. 우리 아이들은 깊어지는 놀이 속에서도 우리는 항상 숲과 함께라는 것, 더불어 살아가는 삶이라는 것을 잊지 않습니다. 서로를 위해 조금씩 배려하는 삶 속에 나를 점차 알아가는 시간은 깊어갑니다.

숲의 향기

6월의 숲에는 밤꽃 향기가 가득해요. 밤꽃으로 치즈가루를 만들며 공장 놀이, 요리 놀이해요. 밤꽃을 가지고 놀던 것이 좋았는지 숲에서 다 놀고 내려올 때면 손에 한 움큼씩 가지고 와요.

"5월은 아카시아 향이 나는 숲이었는데, 6월은 밤 향기가 나는 숲이네요. 선생님, 그럼 7월은 어떤 향기가 날까요?"

황토 흙산 슬라이드

우리 유치원 앞마당에는 황토로 쌓은 높은 흙봉우리가 두 개나 있어요. 멀리서 보면 마치 낙타 혹 같기도 해요. 흙산 꼭대기에 올라가면 "야호~", 온 세상이 내 발밑에 있는 것 같아요.

여름이 되면 황토 흙산은 더욱 재미난 놀이터가 되어요. 흙산에서 미끄럼틀도 타고 황토 물 웅덩이에서 첨벙첨벙 물놀이도 하고, 황토 흙을 동그랗게 빚어 폭탄을 만들기도 해요. 머리부터 발끝까지 온몸이 황토 흙으로 물들지만 아랑곳하지 않고 재미나게 놀아요. 오히려 더욱 신이 나지요.

물길을 걸으면

물길 탐험대가 되어 용감하게 걸어봐요.

혼자선 겁이 나는데 친구와 함께 걸으면 용기가 샘솟아요.

그럼 발걸음이 가벼워져요.

첨벙첨벙- 발동작과 만난 물소리에 내 마음도 청량해져요.

어푸어푸- 손만 휘저어도 수영선수가 된 기분이에요.

흘깃흘깃- 물길 친구들을 만났나요?

오늘은 아주 운이 좋은 날이에요.

물길 유명인사를 만났거든요.

단단한 어깨를 가진 가재 앞에

우리 눈은 동그래지고

마음은 벅차오르고

발걸음은 공손해져요.

대나무 수로 대작전

비가 많이 내린 다음 날, 물길 숲에서는 졸졸졸 물 흐르는 소리가 더욱 상쾌하게 들려와요.

돌 틈에 숨어있는 가재도 찾고, 흐르는 물을 따라 대나무를 줄줄이 이어서 물길을 만들었어요.

대나무 수로를 요리조리 옮겨가며 어떻게 물이 잘 흐를 수 있을지 머리를 맞대어 고민을 해요.

물이 흐르지 않고 멈춰서 고이면 "물이 왜 멈추지? 우리 다시 만들어보자"하며

수로 보수공사도 뚝딱뚝딱!

나뭇잎을 띄워 나뭇잎 뱃놀이도 하며 더위를 시원하게 날려 보내요.

안녕! 숲에서 만난 친구들

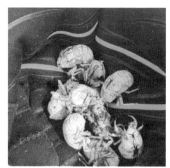

우리 아이들이 숲에서 삶을 살아가면서 시간의 흐름에 따라 마주하는 숲 속 생명들도 참으로 변화무쌍합니다.

여름이 되면서 나무 위와 땅 속에서 도롱뇽, 매미허물, 곤충, 애벌레 등 온갖 생명들을 만나고 있어요. 그러다 보니 아이들의 관심도 자연스레 곤충과 애벌레로 향합니다.

처음에는 낯설고 이상한 벌레라며 소리를 지르던 친구들도 이제는 환호로 바뀔 만큼 숲속 생명들을 마주하는 것에 큰 기쁨을 느낍니다. 아이들은 너도나도 서로 애벌레를 관찰하고 곤충 집을 만들어주느라 여념이 없어요. 자세히 보고 오래 보아야 예쁜 것은 풀과 꽃의 이야기만은 아닌 듯싶습니다.

하지만 때로 생명의 소중함보다 아이들의 호기심이 먼저일 때가 있어 아이들과 숲의 주인은 누구인지 이야기 나누고 조그만 생명도 귀하다는 것을 나누어 봅니다.

온종일 숲

숲교실에서는 매일 매일이 소풍 온 기분이에요..
숲에 돗자리를 깔고 친구들과 나누어 먹는 점심은
최고의 맛, 꿀맛이에요!
괴화산 정상으로 향하는 무한의 계단을 맞닥뜨려도
친구들과 함께 한 걸음 한 걸음 옮기다 보면
어느새 정상이지요.
푸른 하늘 아래 녹음을 만끽하는 우리,
숲과 함께 쑥쑥 자라나고 있어요.

초록초록 여름 숲

싱그러운 여름날, 울창한 나무숲은 우리의 놀이터
가 됩니다. 노랑, 연두, 초록 다채로운 빛깔의 숲속
에서 햇살을 받으며 차례차례 밧줄 다리를 건너보
기도 하고요. "친구야 네가 먼저 가. 나는 곧 뒤따
라 갈게." 친구가 건널 때 다리가 흔들릴까 봐 잠시
기다려주기도 한답니다. 나무에 매달아 놓은 그네
에 올라타 시원한 바람을 느껴보기도 하고요. 우리
가 직접 만든 나무 탁자에 옹기종기 모여 앉아 흙
으로 달고나 만들기 놀이를 하며 재잘재잘 이야기
꽃을 피워요.

"선생님 텃밭에 물 주고 올게요"

우유를 다 마신 아이들이 빈 우유갑에 물을 담아 들고

교실 뒷 문을 열고 텃밭으로 나갑니다.

몇몇 아이들은 작은 물조리개를 들고 따라 나섭니다.

"많이 먹고 쑥쑥 자라라."

"열매를 많이 열리게 해서 우리한테 나눠줘."

"사랑해"라고 속삭이는 아이들.

덕분에 유치원 텃밭은 늘 풍년입니다.

숲을 오가며 갓 딴 채소를 먹다 보면 안 좋아하던 오이,

감자, 토마토도 모두 맛있답니다.

아낌없이 주는 뽕나무

우리가 신나게 뛰노는 숲에서 얼마나 오래 살고 있었는지 알 수 없지만

아낌없이 주는 '뽕나무'가 있어요.

아이들은 이 나무에서 신나게 오르락내리락했는데,

이 나무가 그렇게 많은 오디를 품고 있었는지 아무도 알지 못했어요.

초록의 열매가 열리기 시작하더니

점점 빨개지다 까맣게 잘 익은 튼실한 오디 열매가 숲에 떨어집니다.

우리 아이들은 오디를 이용한 다양한 놀이를 시도하기 시작했어요.

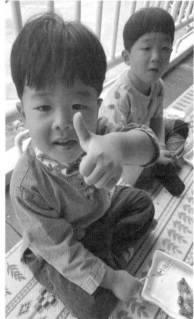

다 있어 식당

밤꽃을 손으로 쓸어 가루를 만들었어요.

노란색이어서 치즈가루라고 정했어요.

진흙으로 피자를 만들고

그 위에 치즈가루를 뿌리고 싶었는데,

진흙에 치즈가루를 뿌리면 치즈가루랑 진흙이 다 섞여

치즈가루가 사라져요.

아쉬워서 진짜로 뿌리지는 않았어요.

밤꽃으로 치즈가루를 만들 때

말랑하고 쫀득한 느낌이어서 재미있었어요.

꽃향기가 나는 치즈가루여서 기분이 좋았어요.

예술이 머무는 숲

옛날 조상님들은

숲에서, 마당에서 예술을 즐겼다지요.

매년 숲유치원 아이들도 숲과 앞마당에서

예술을 즐긴답니다.

처음 듣는 귓 속 가득 울리는 북 소리와

피리, 거문고, 가야금, 해금, 아쟁이 어우러지는 음악과

착착 부채를 폈다 접었다 하는 한량무는

아이들의 마음을 사로잡았습니다.

단오

음력 5월 5일 단오에는 단오떡을 해 먹고 창포물에 머리를 감고, 그네를 뛰며 씨름 등 민속놀이를 합니다. 또 쑥과 익모초를 뜯고, 부채를 만들어 나누어요.

즐거운 단오놀이 한마당

단오날은 솔빛숲유치원에서 가장 즐거운 놀이들이 펼쳐지는 날이에요.

옛날 사람들은 한해 농사가 잘되기를 기원하는 마음으로 맛있는 음식도 해서 나누어 먹고 신나는 놀이도 함께하며 기운을 북돋기도 했다고 합니다.

솔빛숲 아이들도 매년 단오날은 우리 반, 옆 반 친구들이 모두 하나 되어 신나게 민속놀이를 즐긴답니다.

창포를 끓인 물에 머리를 감으면서 나쁜 기운은 물러가고 좋은 일 많이 생기기를 기원하기도 하고요. 비석이 떨어질까 조심조심 머리에 얹고 땅에 있는 비석을 맞추는 비석치기 놀이, 또 항아리 속에 나뭇가지를 쏘~옥 넣는 투호놀이, 영차영차 줄다리기 등 모두 힘을 모아 온몸으로 즐기는 단오날이에요.

유두절

음력 6월 15일 유두절은 '물맞이'라는 뜻으로, 동쪽으로 흐르는 물에 머리를 감고
목욕을 하는 날이에요.

유두절 물놀이

유두절을 아시나요? 옛날옛날 할머니, 할아버지들은 유두절에 냇가에서 목욕을 하고, 음식을 먹으며 서늘하게 하루를 지냈대요. 그렇게 하면 여름에 질병에 걸리지 않고 더위를 먹지 않았다고 해요. 우리 아이들도 더운 여름을 맞아 시원하고 건강하게 보내기 위해 물놀이를 해요.

잔디 위에서 슈웅~ 잔디썰매도 타고, 첨벙첨벙 물놀이 후 맛있는 음식도 먹으며 더운 여름을 즐겁게 보내고 있습니다.

가을

가을의 숲 나누기

가을의 숲은 풍성합니다.

우리가 경험하는 괴화산 숲의 가을은 열매로 가득합니다.

가을은 숲도 잔치, 우리의 놀이도 잔치, 풍성한 잔치가 열립니다.

밤송이가 하늘에서 후두둑 떨어지고 숲으로 가는 길목에는 도토리가 한가득입니다. 숲이 내어주는 다양한 열매로 우리 아이들은 어떤 놀이를 풀어갈까요? 밤은 삶아서 맛있는 간식으로 먹기도 하고, 요리 재료가 되어 밤잼, 밤양갱, 밤아이스크림 등 다양한 요리활동이 시작됩니다. 도토리는 약간 씁쓸하지만 묵을 쑤어서 묵밥, 도토리묵무침으로 만들어집니다. 단풍나무 열매는 프로펠러 놀이에 좋은 장난감이 되고, 계곡에 고여있는 물을 발견하는 순간 신나는 물길 놀이로 발전합니다.

가을의 숲과 자연은 우리에게 풍성한 열매를 나누어 줍니다. 솔빛숲 아이들은 그것이 우리만을 위한 것이 아님을 알기에 함부로 채취하거나 가져가는 것이 아니라, 숲의 주인인 동물들의 몫으로 남겨둡니다. 그러나 많은 어른들이 가을의 열매를 가져가기 위해 숲을 찾습니다. 어느새 빈 껍질만 남은 숲에서 식량을 구하러 다니는 다람쥐를 바라보며 우리 아이들은 안타까운 마음에 '밤과 도토리를 청설모와 다람쥐에게 양보해 주세요'라는 구호를 외칩니다. 자연

과 함께 살아가는 경험을 통해 공생하고 공감하는 마음을 키워갑니다. 솔빛숲 아이들은 함께하는 삶, 더불어 살아가는 삶의 중요성을 실감하고 있습니다.

가을이 깊어지는 숲속에서 우리 아이들은 자연이 주는 선물이 인간을 향해서만 있는 것이 결코 아니라는 것, 그 속에서 살아가고 있는 다양한 생명을 위하는 것이라는 걸 삶 속에서 직접 경험하고 알아갑니다.

여름이 주고 간 선물

무더운 여름이 지나면 자연은 우리에게 풍성한 선물을 가득 안겨 줍니다. 우리가 심어서 가꾼 배추, 벼, 고구마, 땅콩, 들깨……. 벼를 수확해서 껍질을 벗겨 떡을 만들어 먹기로 했어요. 껍질을 벗겨보니 시간도 많이 걸리고 너무 힘들었어요.

수확한 고구마는 찐고구마, 군고구마는 물론 고구마 맛탕, 고구마 라떼도 만들고, 땅콩과 들깨로는 강정을 만들어 맛보기도 하고, 들깨송이 튀김도 해먹어요.

참! 땅콩과 들깨는 우리만 먹은 것이 아니라, 숲속 동물들을 위해 맛있는 밥상을 차려주고 함께 먹었답니다.

꽃을 닮아가는 아이들

노란 소국이 가득한 숲은 진한 향기를 품고 있어요.

고운 꽃을 보고 있노라면

고운 얼굴이 되어가지요.

고운 향기를 맡노라면

마음도 향기로와져요.

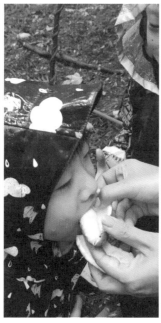

풍요로운 가을숲

가을 숲은 더 신이 나요. 오가는 길에 토독토독 떨어진 알밤과 도토리를 주울 수 있거든요. 도토리와 알밤으로 바밤바 아이스크림, 찐밤·군밤, 밤 양갱, 도토리묵, 도토리전 등 다양한 요리를 해먹을 수 있어요. 그래서 가을 숲은 더 풍요롭지요. 숲에서 주운 알밤과 도토리를 나누어 '다람쥐 무료 급식소'를 만들었어요. 동물 친구들과 함께 나눌 줄 아는 마음이 따뜻한 아이들입니다.

자연, 쉼, 여유

자연이 주는 휴식과 여유가 있는 숲에서는 온 감각의 문이 열
립니다.

주변의 자연물, 자연의 색, 향기, 생동감 등을 온 감각으로 느
낄 수 있지요.

온 감각으로 느낀 것을 표현
한 아이들의 그림은 섬세하
고 생동감이 있습니다.

자연 공간에서 자연이 주
는 여유와 쉼을 누리며
아이들이 바라본, 자신
의 마음을 닮은 그림을
그려봅니다.

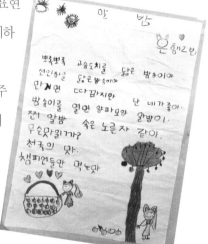

태풍이 선물한 놀이터

여름방학 동안 숲을 휩쓸고 간 태풍으로 숲교실에 있던 소나무들이 우르르 쓰러졌어요.

태풍의 위력에 놀란 아이들. '자연의 힘이 정말 크고 무섭구나'라는 것을 온몸으로 느낍니다.

쓰러진 나무의 가지를 모두 치우니 어느새 멋진 모험놀이터가 만들어졌어요.

"와~ 태풍이 우리에게 선물해준 놀이터다!"

자연이 만들어준 이 소중한 놀이터에서 아이들은 매일매일 새로운 모험여행을 떠난답니다.

위험하지 않냐고요?

"난 스파이더맨이다!"

높은 나무에 묶어 놓은 밧줄에 매달려 스파이더맨 놀이를 하고 있는 아이들. 아이들이 나무에 오르고, 매달리며 도전적인 놀이를 하는 것은 아이들의 본능인 것 같아요.

숲에서 사는 아이들은 누가 시키지 않아도 나무를 보면 자연스럽게 오릅니다. 처음부터 나무에 잘 오를 수는 없지만 떨어지면 다시 매달리고 다시 오르면서 수많은 도전을 거듭한 끝에 아이들은 해내게 됩니다. 그때 느끼는 성취감은 말로 다 표현할 수 없지요.

하지만 안전하게 오르고 내리는 것이 가장 중요합니다. 숲유치원 선생님들은 항상 아이들 곁에서 지켜보고 응원하면서 아이들이 스스로 자신의 몸을 조절하고 주위를 기울이며 놀이할 수 있는 힘을 길러주고 있답니다.

내 생각대로 만들어가는 놀이

냄비에 흙을 넣고 물을 넣어 저어주면 된장국이 되
고요. 솔잎이랑 도토리랑 밤으로 장식한 가을 피자
도 만들어요. 숲에선 엄마처럼 아빠처럼 맛집 사장
님처럼 만들 수 있어요.

친구들과 쓰러진 나무들을 모아 배를 만들면 숲은
바다가 되어 우리는 먼 바다로 여행을 떠나요. 바다
였던 숲은 높고 높은 하늘이 되기도 해요. 우리가 만
든 배는 비행기로 변신해 다른 나라로 여행을 떠나
기도 한답니다. 숲에선 내 생각대로 진짜처럼 놀이
할 수 있어요.

딱따구리 목공소

그동안 우리 친구들은 망치를 땅 파는 도구로만 사용했어요. 망치 머리의 뾰족한 부분으로 땅을 파면 정말 잘 파지거든요. 망치 본래의 용도를 찾고자 망치를 안전하게 사용하는 방법에 대해 이야기 나누고, 망치와 못을 제공해 주었어요. 망치질은 꼭 죽은 나무나 나무 조각에만 하기로 약속하고 나무에 못을 열심히 박아봅니다. 친구들이 함께 둘러앉아 망치질을 하는 소리가 꼭 딱따구리가 나무를 쪼는 소리 같았어요. 그래서 단풍2반 목공놀이터의 이름은 '딱따구리 목공소'가 되었답니다.

몇 날 며칠 열심히 망치를 두드린 덕분에 다섯 살 동생들도, 여섯 살, 일곱 살 형님들도 이제는 망치질이 제법 능숙해요. 열심히 못 박는 기술을 연마한 후에 멋진 작품도 만들어 보았어요. 나무 판자에 그림을 그리고, 테두리를 따라 못을 박아요. 못을 따라 실을 총총 두르면 짜잔! 우리 친구들이 만든 작품들 정말 멋지지요?

낙엽 방방에서 뛰어 봤니? 솔잎 침대에 누워 하늘 본 적 있니?

겨울 준비를 하는 나무들은 매일매일 나뭇잎을 떨궈 냅니다.

바닥에 가득 쌓인 나뭇잎들은 아이들에게 좋은 놀잇감입니다.

아이들의 상상력과 창의력은 재미 가득한 놀이를 만들어 내죠.

낙엽을 던지고 모으고 쓸고……

친구들이랑 함께 타는 낙엽 썰매가 얼마나 재밌게요~. 낙엽 방방은 얼마나 푹신하게요~.

솔잎을 모아 만든 침대에선 솔잎 향도 솔솔~. 솔잎 침대에 누워 바라보는 파아란 가을 하늘은 아이들의 마음도 푸르게 만들어 주는 것 같습니다.

풍요로운 가을 숲

시원한 바람이 솔솔 불어오는 가을은 우리들의 식당놀이가 더욱 풍성해지는 계절이에요. 괴화산에는 갈참나무와 밤나무가 많아 가을이 되면 땅에 알밤과 도토리들이 아주 많이 보이거든요. 도토리와 알밤을 모아서 숲에 있는 다람쥐나 청설모를 위해 급식소를 만들어주기도 하고, 남은 열매들은 우리들의 소꿉놀이 재료로 사용하기도 하지요. 흙으로 한참 놀다보면 손이랑 옷에 흙이 잔뜩! 서로 손을 보며 하하하 웃기도 하지요. 도토리들을 주워 얼굴그림을 그려보기도 하고요. 흙으로 친구들 얼굴을 만들기도 하고, 맛있는 흙 케이크를 만들고 생일잔치 놀이를 하기도 한답니다.

나뭇잎 세상

초록으로 가득했던 숲에 가을이 오면 갈색 나뭇잎 세상이 됩니다. 떨어진 낙엽
사이로 촉촉한 안개가 내려 앉은 동화 속 한 장면 같은 숲길을 따라 오늘도 친구
들과 숲놀이터로 걸어 들어갑니다. 낙엽비도 뿌리고, 낙엽을 모아 낙엽침대도
만들고, 산처럼 쌓아서 백두산과 천지도 만들었어요. 낙엽을 양파망에 가득 담아
권투놀이도 하고, 그물망에 꼭꼭 채워 넣어서 낙엽포환 던지기도 하고, 때로는 숲속
이 바다가 되고 낙엽은 물고기(멸치)가 되기도 했지요. 한참 놀고 있으면 선생님께서
준비해 주신 달콤한 코코아 한 잔으로 몸도 마음도 따뜻해져요.

해적선 놀이

기울어진 나무에 올라가 놀다보면 나무는 배로 변신하고, 아이들은 여러나라를 여행하는 여행자가 됩니다. 그렇게 놀다가 아이들은 기울어진 나무로 해적선을 만들어 보고 싶다고 합니다. 해적선을 상징하는 해골 모양을 그려넣고, 공사장에서 가져온 커다란 호스 통으로 대포도 만들어 봅니다.

아이들은 보물 지도를 만들어 보물찾기 여행을 떠나는 것을 가장 즐거워했어요. 지도를 보고 보물이 숨겨진 곳을 찾아 떠나봅니다. 과연 보물상자에는 무엇이 들어 있을까요?

해적커피숍놀이

"우리 배를 산으로 옮겨 봤어."

아이들이 왜 배를 산으로 가져갔을까요? 오늘은 그동안 숲에서 '해적커피숍'을 만들어 놀이하던 아이들이 진짜로 손님들을 초대해 맛있는 핫초코, 쿠키, 떡볶이 등을 파는 날이거든요.

'해적커피숍' 이름에 맞게 해적배가 가게 문 앞에 자리를 잡고요. 가게 사장님들은 분주하게 오픈 준비를 합니다. 나뭇잎 돈으로 각자 주문도 하고, 친구들과 테이블에 오손도손 앉아 이야기 나누며 먹는 간식은 정말 꿀맛이에요.

숲에서 놀이하는 아이들은 물과 흙, 그리고 여러 가지 열매 등을 이용해 소꿉놀이를 즐겨합니다. 그렇게 친구들과 하던 소꿉놀이가 점차 확장되어 여러 가게가 숲에서 문을 열지요. 시간이 지나면서 아이들은 흙으로 열매로 돌로 만들던 음식을 진짜로 만들어

먹고 싶어합니다. 가게 간판을 만들고, 메뉴를 정하고, 인테리어용 가랜드, 테이블 장식 등 이곳저곳 아이들 손이 안 가는 곳이 없습니다. 열심히 음식을 만들어 파는 사장님들도 초대받은 손님들도 웃고 마시고 먹을 수 있는 숲속 식당놀이는 정말 최고랍니다.

한가위

음력 8월 15일 한가위는 우리나라 가장 큰 명절로, 가을의 달빛이 가장 좋은 날입니다. 송편을 만들어 나누어 먹고 강강술래 등의 놀이를 해요.

반갑다, 두잎 솔잎!

추석이 다가오면 솔빛숲에도 추석 명절 준비로 바쁩니다. 송편도 빚고, 학급
대항 윷놀이며, 활쏘기 등 전래놀이도 하고, 국악 공연도 즐깁니다. 다도를 배
우며 맛보았던 달콤한 대추가 자꾸만 생각나기도 해요. 송편을 찔 때 솔잎
을 함께 넣는 이유를 알아보다가 아무 솔잎이나 사용하는 것이 아니라
는 것을 알게 되었어요. 그래서 우리가 빚은 송편을 찔 때 사용할 우리
나라 토종 두잎 솔잎을 찾으러 괴화산의 소나무를 찾아다니다가 지
쳐서 내려왔을 때 유치원 뒷마당에서 두잎 솔잎을 발견했어요.
반갑다, 두잎 솔잎! 솔잎을 깔고 찐 송편은 그냥 솔잎과 송
편이 아니라 성취감 그 자체였습니다.

겨울

겨울의 숲 공감하기

겨울의 숲은 조용하고 황량하지만, 또 다른 풍성함이 살아 있어요.

변화무쌍한 봄, 여름, 가을의 숲을 살아오면서 솔빛숲 어린이들은 겨울의 숲을 즐길 마음의 준비와 풍성한 에너지를 가지고 있지만 겨울 숲은 쉬고 있고 우리에게도 쉼이 필요함을 경험했어요. 우리의 생명도 자연의 일부이고, 우리도 자연과 같이 겨울의 쉼이 필요한 것에 공감합니다.

춥고 움츠러드는 날씨 속에서 자연은 잎을 떨구고 앙상한 가지만을 남겨 놓고, 다시 시작될 봄을 위해 추운 겨울을 견딜 채비를 합니다. 그 모습을 직접 경험하는 솔빛숲의 어린이들도 숲에서 많이 뛰어 놀지는 못하지만, 내년의 봄을 향해 몸을 살찌우고, 쉼을 통해 마음을 키우며 한층 성장하는 겨울을 맞이합니다.

솔빛숲 겨울나기는 '김장'을 통해 이루어집니다. 1년 동안 텃밭에서 키운 배추와 무, 대파, 고추, 마늘 등 다양한 텃밭 작물을 이용해 겨울 김장 잔치가 시작됩니다. 스스로 배추와 무를 뽑고, 채소를 씻어 다듬어 소금에 절이고 양념을 바르는 고되고 힘든 작업이지만, 아이들의 얼굴에는 미소가 한가득입니다.

추운 겨울 날씨도 우리 아이들의 겨울 놀이를 막지 못해요. 얼음지치기, 썰매 타기, 심지어 이글루 만들기까지, 겨울은 또 겨울만의 놀이가 생겨납니다. 눈사람 만들기, 눈싸움, 눈썰매 등은 자연이 주는 덤이죠. 겨울의 쉼에 공감하고 자

연이 쉬어가고 있음을 알아가면서 우리 아이들의 겨울 놀이는 열기를 더해갑니다. 물론 겨울 숲보다는 유치원의 교실, 앞·뒷마당에서 놀이가 이어지며 자연의 쉼을 이해하고 그동안 숲이 우리에게 준 많은 것들에 감사하고 고마움을 표현하는 겨울을 보냅니다.

우리는 이렇게 숲과 함께 살아가고 있으며 솔빛숲 어린이들은 숲 안에서 함께 성장하고 더불어 살아가는 삶을 실천하고 있어요.
솔빛숲유치원은 숲을 가르치지 않습니다. 숲과 함께 아이들과 함께 삶을 살아가고 있습니다. 우리에게 숲은 가르침이고 배움이고 더불어 살아가는 삶입니다.

숲속 얼음 썰매장

숲교실 한편에서 낙엽 썰매를 타던 친구들. "어떻게 썰매를 타면 더 잘 미끄러질까?"
궁리했어요.

"낙엽을 더 모아서 푹신하게 깔아볼까?"

"아니야. 다른 데로 가 보자."

아이들은 썰매를 타기 위한 최적의 장소를 찾아 이곳저곳 다니기 시작했어요. 이곳은
경사가 가파르고 썰매도 잘 미끄러져 재미있었지만 길 중간에 나무가 있고, 갑자기 꺾
이는 커브 길이 있어서 위험했어요.

"여기가 좋겠다!"

이곳은 1층에서 2층으로 내려오는 내리막이에요.
숨어있던 공간이 썰매장으로 변신하는 순간이에
요. 썰매장이 개장했다는 소식에 다른 친구들도 모
여들었어요. 하지만 어쩌죠? 썰매가 모자라요.

교실로 돌아와 놀이 회상을 하며 썰매장 이름은 무
엇이 좋을지 이야기 나누어요. '숲속 썰매장', '얼음
썰매장', '친구들의 썰매장' 등등, 단풍2반 친구들의
의견을 한데 엮어 '친구들의 숲속 얼음 썰매장'이라
고 이름을 지어 보았어요.

다음날, 우리 친구들은 씩씩한 발걸음으로 깊은 산 속, '고라니 숲'으로 향했어요. 선생
님 기억에 '고라니 숲'에 썰매가 많이 있었거든요. 야호! 썰매가 엄청 많이 있었어요. 이
제 썰매를 신나게 탈 차례예요. 길이가 짧은 썰매장이 아쉬웠던 친구들은 다시 숲교실
곳곳을 살피며 썰매타기 장소를 찾아다녔어요. 마침내 마음에 쏙 드는 썰매장을 찾았
네요. 이곳은 길고, 썰매도 잘 미끄러지고, 무엇보다 여러 친구들과 함께 탈 수 있어요.
썰매로 기차를 만들며 놀이를 무궁무진하게 만들어가는 아이들입니다. 나무뿌리 부분
에 썰매를 올려놓고 슝 내려오면 스릴이 더해지면서 즐거움이 배가 돼요.

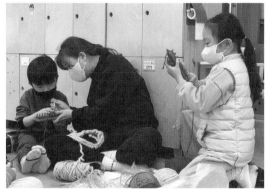

쉼이 있는 겨울, 손끝놀이

매일 숲속을 뛰어다니며 날다람쥐같던 아이들이 오늘은 어찌된 일인지 조용히
교실에 둘러앉아 무언가에 열중입니다. 왜 이렇게 열심일까요?
선생님이 가르쳐준 뜨개질로 목도리를 만들고 있는 중이랍니다.
"난 벌써 이만큼 만들었어." "내 거가 더 길지?"
자기 키만큼 길게 뜬 목도리를 서로 비교하면서 누가 더 긴지 내기하는 듯
합니다. 이렇게 정성껏 만든 소중한 목도리를 사랑하는 가족들에게 선물하기
도 하고, 무엇보다 일 년 동안 우리가 즐겁게 놀 수 있도록 모든 걸 내어준 숲
속 나무가 겨울을 잘 견딜 수 있도록 따뜻한 옷을 둘러주기도 합니다.

숲속 월드컵

숲에 우리만의 월드컵 경기장을 만들었어
요. 심판도 정하고 골대도 정하고 골키퍼
와 수비수, 공격수도 정했어요. 사진에는
보이지 않지만, 친구들은 축구경기가 열
리면 축구를 보기 위해 작은 의자를 가지
고 관람석에 앉아 응원을 해줘요. 은행1
반과 미루1반이 축구경기를 하기 전에 정
정당당하게 하기로 약속하고 서로 인사
하고 시작해요.

며칠 전에는 새들의 숲으로 원정 경기를
다녀오기도 했어요. 공이 경기장 밖으로
나가면 숲속 낭떠러지로 굴러가서 공 주
우러 가는 시간이 오래 걸려요. 공 주우러
가는 친구들이 뛰어가면, 선수들은 잠깐
쉬기도 해요.

새하얀 겨울 숲

겨울 숲은 우리 친구들이 정말 좋아하는 놀이터예요. 바로 눈과 얼음이 있기 때문인데요. 하얀 겨울 숲은 바라보기만 해도 정말 아름답고 이색적인 풍경들이 펼쳐진답니다. 우리 친구들은 하얗게 눈이 내린 날이면 어서 숲에 가서 놀자고 조른답니다. 땅에 하얗게 쌓인 눈들, 나무 위, 바위 위를 덮은 눈들, 하얀 눈만 있으면 어찌나 신나게 노는지 다른 놀잇감이 필요 없을 정도랍니다. 소복이 쌓인 눈 위를 뽀드득뽀드득 밟고 지나가기만 해도 정말 재미있지요. 친구들과 신나게 눈싸움도 하구요. 눈놀이하러 가기 전에 동생 신발 신는 것을 도와주는 멋진 형님들도 있답니다.

유치원 앞마당에서 즐기는 눈놀이

밤새 내린 함박눈으로 유치원 앞마당이 온통 새하얀 눈밭이에요.

친구들과 눈덩이를 모으고 굴려 커다란 눈사람을 만들었어요.

"난 선생님이 끌어주는 눈썰매가 최고야!" "오빠가 끌어줄게~ 꼭 잡아!"

선생님도 아이들도 신난 솔빛숲 눈썰매장.

눈밭에 벌러덩 누워 만드는 천사 날개도 너무 재밌어요.

시린 손을 녹여가며 만든 눈꽃 케이크도 어쩜 이리 예쁠까요.

'놀이하기에 안 좋은 날씨는 없다. 안 좋은 복장만 있을 뿐이지.'

우리에게 아주 딱 맞는 말이에요.

추운 겨울이 찾아와도 우리 아이들은 끄덕 없답니다.

137

행복한 크리스마스 파티

크리스마스가 다가오면 우리 아이들의 마음은 산타 할아버지와 받고 싶은 선물을 떠올리며 행복으로 가득차요. 유치원에서는 숲이나 마당에 멋진 크리스마스 트리를 꾸미기도 하고요. 마을축제에 참여하여 산타 할아버지와 함께 보물찾기도 하고, 선물을 받기도 한답니다. 친구들과 함께 크리스마스 파티를 기획하기도 하는데요. 멋진 노래와 춤잔치를 하고, 겨울 음악회를 열기도 해요. 친구들이 먹고 싶은 간식을 가져와 과자뷔페를 열기도 한답니다. 친구들이 다 함께 만드는 행복한 크리스마스 파티에요.

와! 얼음이다!

숲 속 구석구석 숨어있는 얼음을 찾아라!
연못에 고여 있던 웅덩이물, 소꿉놀이 그릇에
남아있던 물, 수레에 고여 있던 빗물 등.
영하로 떨어진 날씨에 여기저기 숨어있던 물
들이 얼음이 되었어요.
아이들은 우연히 만난 얼음에 환호합니다.
얼음을 망치로 부수기도 하고요. 감자칼로
살살 긁으면 눈꽃빙수를 만들 수 있어요.
얼음을 가지고 신나게 놀이하다 보면 어느새
조금씩 녹아내리는 얼음.
"언제 다시 얼음으로 변신하지?"
다시 영하로 떨어지는 날을 고대하며 녹아
내리는 얼음을 그릇에 담아놓고 다시 얼기를
기다립니다.

인디언 패션쇼

인디언 놀이는 아이들이 가을 숲길에 떨어진 나뭇잎으로 인디언 모자 만들기를 해보자고 해서 시작됐어요. 가을 숲에 다양한 자연물들 밤, 밤 쭉정이, 도토리 등을 활용해 방패와 화살 같은 도구를 만들어 보았어요. 디자이너가 되어 마천으로 자신만의 인디언 옷을 만들어 패션쇼를 해보기로 합니다. 열여덟 명의 꼬마 인디언들이 보여준 멋진 무대는 솔빛숲유치원 친구들과 선생님들, 부모님께 즐거운 공연을 선사했습니다.

일년동안 함께 뛰어 놀던 숲과 마지막으로 만나는 '숲 졸업식'

우리는 엄마아빠가 태워주시는 햇살 의자를 타고 입장했어요.

코로나19로 엄마아빠가 참석하지 못하실 때는 선생님들이 태워주셨어요.

햇살 의자는 밧줄로 만들어진 햇살 모양 의자인데, 우리가 졸업해서

초등학교에 가서도 햇살처럼 밝고, 따뜻하게 살아가라는 의미래요.

안녕, 숲

나뭇잎 하나 없는 앙상한 나뭇가지만 있던 3월의 숲으로 처음 들어갔던 날, 연두빛 아기 초록잎과 분홍빛 노랑빛 보랏빛 꽃이 피고, 여름의 숲과 가을 그리고 겨울의 숲을 지나 우리의 마지막을 축하하기 위한 솔빛숲의 졸업식. 우리가 놀던 숲과의 이별식에서는 우리들의 앞날이 꽃처럼 예쁘라고, 그리고 늘 푸르기만 하라고 선생님들께서 상록수 화관을 준비해주기도 하고, 무지개 빛처럼 타고 난 꿈과 끼를 풀어내며 살라고 빨주노초파남보 요정 모자를 직접 떠서 씌워주기도 합니다.

김장

겨우내 먹기 위하여 김치를 한꺼번에 많이 담가요. 솔빛숲 유치원에서는 아이들이
직접 키운 배추, 무 등을 뽑고 손질하고 고춧가루 양념을 만들어 버무려 담가요.

솔빛숲 김장축제

솔빛숲유치원에서는 해마다 직접 배추를 심고 길러서 겨울이 되기 전에 김장을
하는데요. 김장주간은 우리 유치원에서 가장 큰 축제 기간이랍니다. 우리가 직
접 배추를 뽑아서 소금을 뿌려보기도 하고요. 소금에 절여진 배추에 빨간 양
념을 발라보기도 하지요. 유치원에서는 막 담근 김치를 수육과
함께 먹는데요. 한번 맛을 본 친구들은 정말 꿀맛이라며 여
러 번 더 먹기도 한답니다. 김장 김치를 집에 가져가서 가족
들과도 함께 나누어 먹기도 하고요. 평소에 김치를 잘 먹지
않는 친구들도 직접 배추를 뽑고 절이고 양념하는 과정에 참
여하다 보면 김치 맛을 궁금해하고 김치 먹기에 도전하게 됩니다.

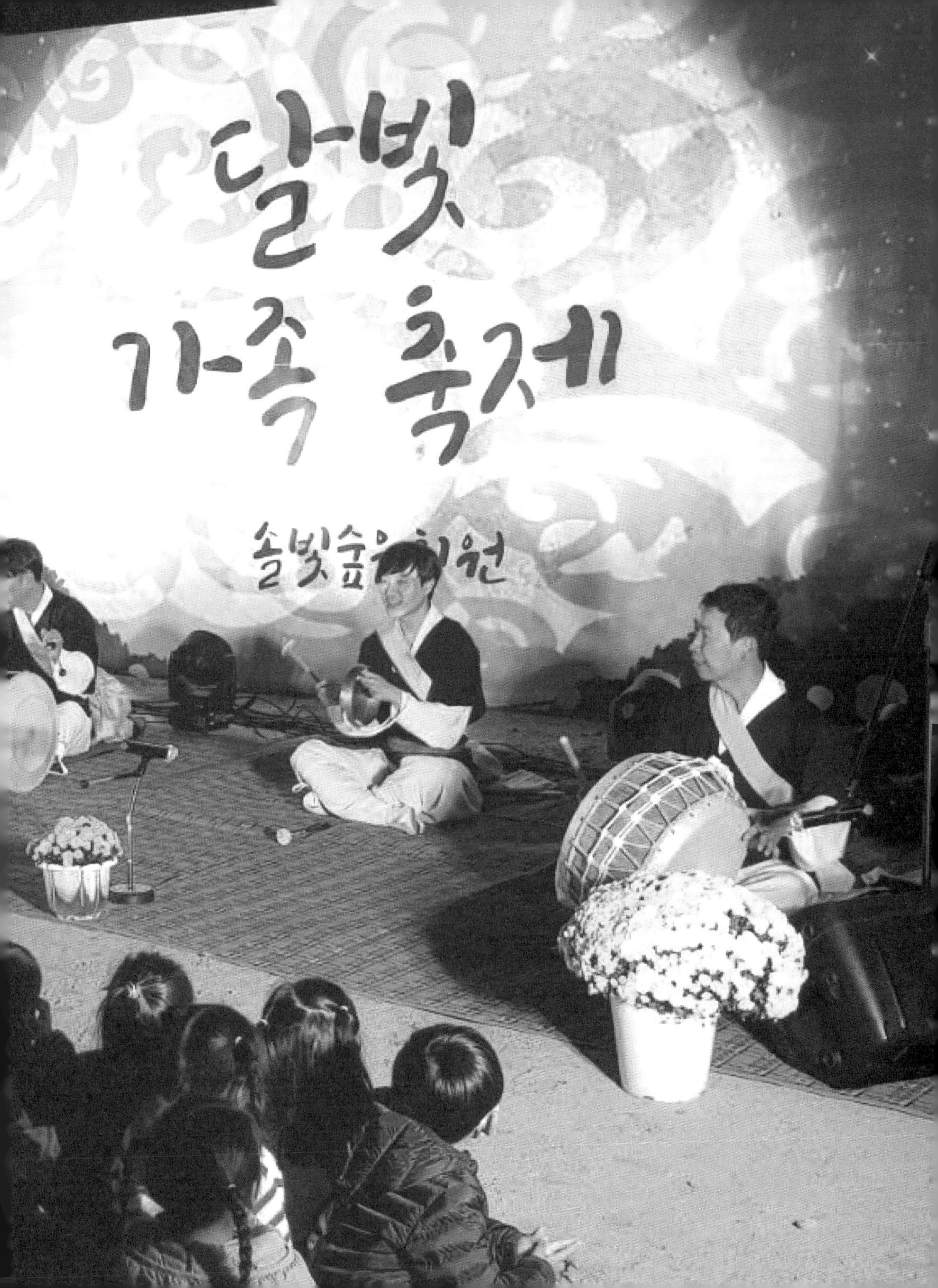
달빛 가족 축제

그 숲에 작은 별들이 살아요

펴낸 날/ 초판1쇄 2024년 2월 7일
지은이/ 솔빛숲유치원교육공동체

펴낸 곳/ 도서출판 기역
편집/ 책마을해리

출판등록/ 2010년 8월 2일 (제313−2010−236)
주소/ 경기도 파주시 회동길 363-8 출판도시
전북 고창군 해리면 월봉성산길 88 책마을해리
문의/ (대표전화)070-4175-0914, (전송)070-4209-1709

ISBN 979-11-91199-79-6 03810